The Emperor's Seed

皇帝的种子

Ling's Tales: Book One

English Story and Art by David Ma
Chinese Story and Translation by Stacy Li

© Copyright 2019 by David Ma
All rights reserved
www.lingstales.com

Once upon a time in China, there was an Emperor with no children.
He often wondered who would rule his kingdom when he retired.
One day, he had an idea.

很久很久以前，王宫里住着一个没有子嗣的皇帝。皇帝烦恼，不知因把王位传给谁。有一天，皇帝想到了一个主意

The Emperor invited all the children across the kingdom to his palace where he had an important announcement. He called for his royal announcer.

huángshang xià zhǐ　xuānguó nèi suǒyǒu hái zi rù gōng
皇上下旨，宣国内所有孩子入宫。

The royal announcer stood in front of the children and said: "You will each get a seed. Go home. Plant it, water it, and return in one year to show the Emperor your plants! The winner will receive a great reward."

大人站到孩子们面前说道「所有今天入宫的孩子都会收到一粒种子。皇上命你们每个人都诚心栽培，细心照料。明年把生长出来的植物带回宫里，以便王上过目，并会从此选最出众者聆赏。」

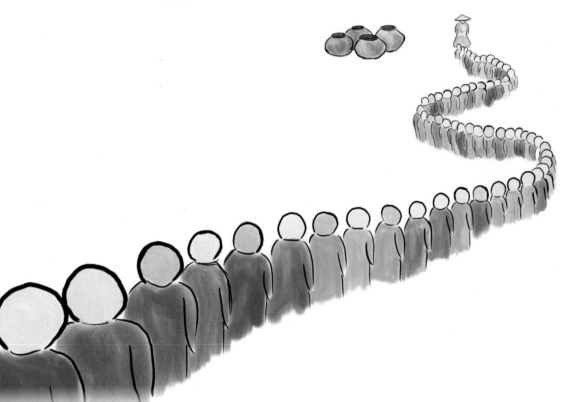

Everyone got into a very long line to get their seed. The line was thousands of people long and looked like a giant ribbon.

jǐ qiān gè jì xīng fèn gāo xìng yòu jǐn
几千个既兴奋高兴又紧
zhāng de hái zi men pái chéng le xiàng
张的孩子们排成了像
shì kàn bù dào zhōng diǎn de yī háng
是看不到终点的一行。

5

Among the children was a girl named Ling. After waiting patiently for a long time, it was finally Ling's turn to get her seed.

hái zi lǐ yǒu yì míng nǚ hái   míng jiào
孩子里有一名女孩，名叫
líng   líng děng le yòu děng   zhōng yú
凌。凌等了又等，终于
lǐng dào le shǔ yú tā zì jǐ de zhǒng zi
领到了属于她自己的种子。

Ling ran home to her village as fast as she could, very excited to plant her seed. Her mom waited for her at the door.

líng yǐ zuì kuài de sù dù pǎo huí jiā
凌以最快的速度跑回家 ，
mǎnhuái qī dài zhe bǎ zhǒng zi xià zhǒ
满怀期待着把 种 子下种 。
líng de mā mā zài mén wài děng zhe líng
凌的妈妈在门外 等 着凌。

Mom helped her pick out the nicest pot they had. Together they planted the seed and watered it for the first time.

líng hé mā mā yì qǐ zài jiā lǐ tiāo le zuì hǎo de pén
凌和妈妈一起在家里挑了最好的盆
zi   xiǎo xīn de bǎ zhǒng zi mái zài ní tǔ lǐ
子，小心的把 种 子埋在泥土里，
yě yī tóng wéi zhǒng zi jiāo le dì yī cì de shuǐ
也一同为 种 子浇了第一次的水。

That night Ling dreamed about her plant sprouting.

nà tiānwǎnshang   língmèngdào le fā yá de zhǒng zi
那天晚上，凌梦到了发芽的种子。

Ling watered the plant regularly
for several weeks and made
sure it got plenty of sun.

língměitiān wéi zhí wù jiāoshuǐ
凌每天为植物浇水，
yě què dìng tā yǒu zú gòu
也确定它有足够
de yángguāng
的阳光。

After a month had passed, Ling's seed had still not sprouted. While walking home one day she saw her neighbor pass holding his pot with a small sprout in it.

yí gè yuè guò qù le   líng de zhǒng zi hái méi fā yá   yǒu yì tiān   zài huí jiā de lù shàng
一个月过去了，凌的种子还没发芽。有一天，在回家的路上，

tā kàn dào lín jū pěng zhe tā zì jǐ de huā pén   lǐ miàn kàn dào le yì kē xiǎo xiǎo de yá
她看到邻居捧着他自己的花盆，里面看到了一颗小小的芽。

After another month, a few children in the
village gathered to compare their plants.
There were signs of life in all but Ling's pot.

又过了一个月，几个村里的小孩聚在
一起在比较他们的植物。除了凌的盆
子，其他所有盆子都看到有植物了。

Months passed, and Ling continued to water her plant regularly. Summer turned to Fall, and the leaves turned colors and began to fall.

yǐ hòu de ǐ gè yuè　líng ì　xù měitiān gěi
以后的几个月，凌继续每天给
zhǒng zi jiāoshuǐ　xià tiānguò qù le　　qiū
种子浇水。夏天过去了，秋
tiān de yè zi kāi shǐ biàn sè　diào luò le
天的叶子开始变色，掉落了。

After a few months, other children's plants really came to life with colorful flowers and leaves of all shapes and sizes.

zài guò le jǐ gè yuè qí tā hái zi
再过了几个月，其他孩子
men de zhí wù cháng de gèngmàoshèng
们的植物长的更茂盛
le   yǒuxiānyàn de huā hé gè zhǒng
了，有鲜艳的花和各种
xíngzhuànggēn dà xiǎo de yè zi
形状跟大小的叶子。

Ling still had nothing growing in her pot. The other children laughed and made fun of her.

líng pén zi lǐ de zhǒng zi hái shì bú jiàn zhǎng
凌盆子里的 种 子还是不见 长 。
qí tā de xiǎo hái dōu cháoxiào tā
其他的小孩都嘲 笑她。

Ling continued to water her pot regularly. Moving the pot indoors as winter came and snow fell.

líng jì xù měitiān jiāoshuǐ dōngtiān lái le
凌继续每天浇水。冬天来了，
xià xuě le tā bǎ pén zi yí dào wū nèi
下雪了，她把盆子移到屋内。

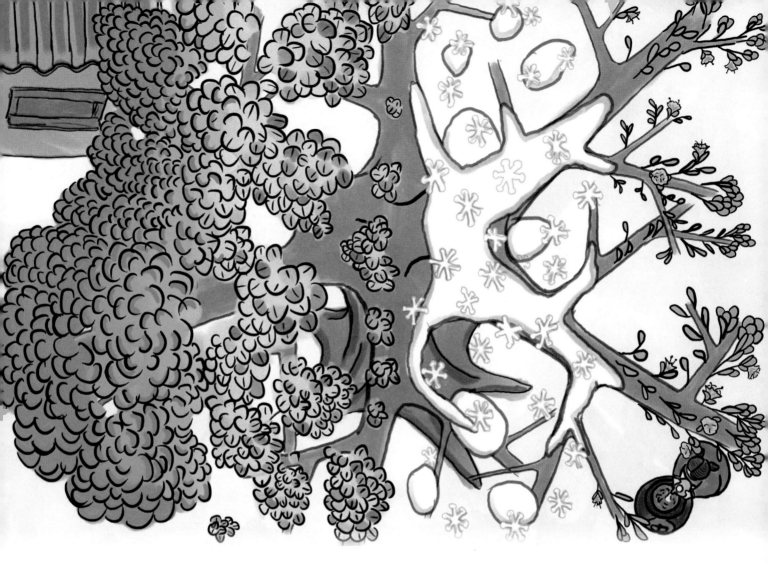

Almost an entire year had passed - all four seasons. It was nearly time to return to the palace to show the Emperor.

jìn yì nián sì jì guò qù le   lí huí gōng
近一年四季过去了，离回宫
miàn shèng de rì zǐ yuè lái yuè jìn le
面 圣 的日子越来越近了。

Ling was nervous that her pot had not grown anything. "What if they punish me?" She asked her mom. "They won't know that I've watered it regularly, they'll think that I'm lazy, maybe I should just stay home instead of going to the palace."

因盆子还没长出植物，凌紧张的问她母亲「如果他们罚我怎么办？他们不会知道我每天用心的照料，只会以为我懒。或许我不因该进宫，因该留在家里算了。」

18

Ling's mother gave her a big hug and said: "No matter the circumstances, as long as you do your best then you will never have to be ashamed."

líng de mǔ qīn bàozhe líng shuōzhe
凌的母亲抱着凌说着
zhǐ yào yòng xīn le   jìn
「只要用心了，尽
lì le   jiù wèn xīn wú kuì
力了，就问心无愧。」

19

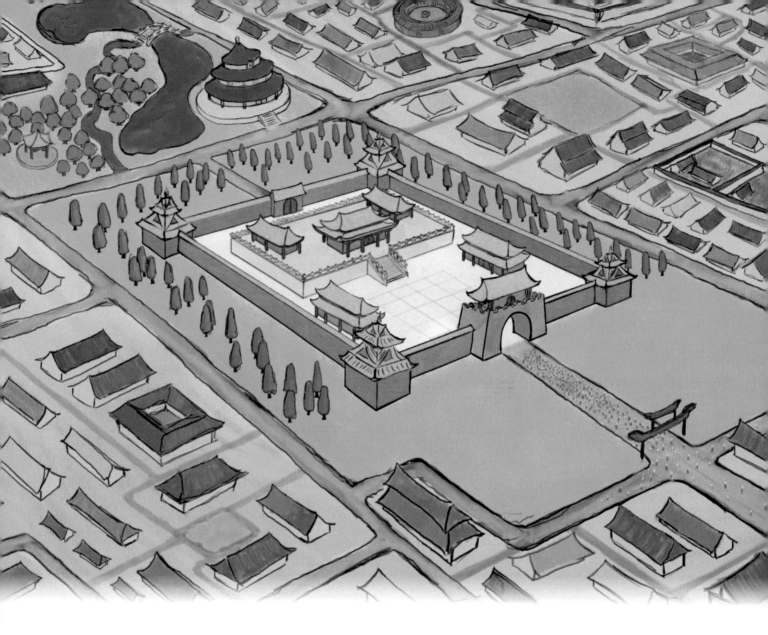

The day finally came.
Ling decided to return to
the palace and show the
Emperor her empty pot.

nà yì tiān zhōng yú dào lái le
那一天 终 于到来了 。
líng jué dìng huí gōng ràng wáng shàng
凌决定回宫 让 王 上
kān kàn zì jǐ méi zhí wù de pén zi
看看自己没植物的盆子。

Ling and the other children entered the palace gates. Far fewer people had returned from a year ago, but every other child she saw had a plant in their pot.

líng hé qí tā de hái zi jìn gōngmén le bǐ qǐ
凌和其他的孩子进宫门了。比起
qù nián jīn niánshǎo le hěnduō rén dàn qí tā
去年，今年少了很多人。但其他
suǒ yǒu rén dōu shì pěngzheyǒu zhí wù de pén zi
所有人都是捧着有植物的盆子。

There were magnificent plants of all types, and the children were wondering which one the Emperor would choose. Ling was embarrassed as other children looked at her lifeless pot and whispered.

22

líng de zhōu wéi dōu shì gè zhǒng gè yàng shèng kāi
凌的 周围都是各 种 各样 盛 开
de huā hé zhí wù　hái zi men dōu zài cāi wáng
的花和植物， 孩子们都在猜王
shàng zuì zhōng huì xuǎn shuí de　líng gǎn jué dào
上 最 终 会选谁的 。 凌感觉到
bié de hái zǐ kàn zhe tā nà méi yǒu shēng qì de
别的孩子看着她那没有 生 气的
pén zi de yǎn guāng　jué de nán shòu le
盆子的眼 光，觉得难受了。

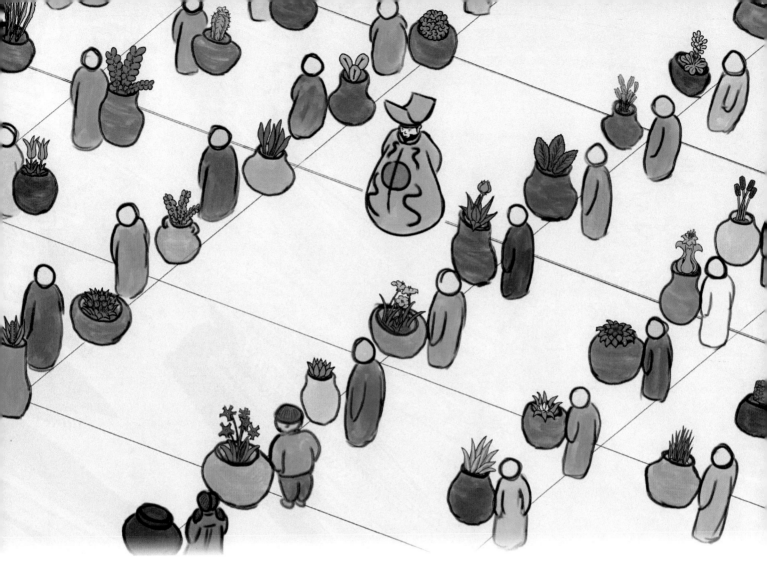

The Emperor came out and made his way through the crowd, looking at the many impressive trees, shrubs, and flowers that were on display. The kids all puffed out their chests and tried to look as regal as possible, each hoping that they would be chosen as the winner.

huángshàngmànjiǎo bù de zǒuzhe　　kàn
皇 上 慢脚步的走着 ， 看
zhe nà yàn lì de huācǎoshùmù　 hái zi
着那艳丽的花草树木。孩子
mendōutái tóutǐngxiōng de zhànzhe 　 xī
们都抬头挺 胸 的站着 ， 希
wàng zì jǐ huì bèi xuǎnwéishèng lì zhě
望自己会被选为 胜 利者 。

The Emperor came to Ling. He looked at the empty pot. "What happened?" He asked. "I watered the seed, but nothing grew." Ling answered. "I see. Thank you." The emperor said as he continued to see other pots.

huángshàngzǒudàolelíngdeqiánmia
皇上走到了凌的前面。他看了看盆子又
kàn le kàn líng　　　　zhè lǐ fā shēngshénme shì le　　tā
看了看凌。「这里发生什么事了?」他
wèn zhe　　　　wǒ měitiān jiāoshuǐ　　xì xīn zhào liào　　kě shì tā
问着。「我每天浇水,细心照料,可是它
jiù shì bù cháng　　　　líng ǐn zhāng de shuōdào　「wǒ zhī
就是不长。」「凌紧张的说道。「我知
dào le　　huángshàngdào　　rán hòuyòu kāi shǐ zǒu zhe
道了。」皇上道,然后又开始走着。

24

After many hours, the Emperor finally finished his assessment. He stood in front of the children and complimented them on their efforts. He then said: "Ling, please come forward."

经过几个小时，王上终于检查完了。他站到孩子们面前，表扬了他们的努力。接着，他说「凌，站到前面来。」

The Emperor spoke: "A year ago, I gave you seeds and asked you to plant them. However, the seeds were boiled so they wouldn't grow. Today, only Ling had the integrity and courage to return with her empty pot. I choose Ling to be the heir to my kingdom"

huángshangshuōdào　　　　yìniánqián
皇 上 说 道 「 一年前 ，
wǒgěilenǐmenzhǒngzi　　ràng nǐmenxiàzhòng
我给了你们种子， 让你们下种 。
zhǒngzishìzhǔguòde　 búhuìfāyá 　jīntiān
种子是煮过的， 不会发芽。 今天，
zhǐyǒulíngyǒu qì jié hé yǒng qì dàihuíkōng de
只有凌有气节和勇气带回空的
pén zi 　　wǒxuǎnlíngzuòwéiwǒdejìchéngzhě
盆子 。 我选凌作为我的继承者。」

From that day on, Ling and her Mom were invited to live in the palace with the Emperor. Ling's mom was very proud of Ling and Ling felt excited and happy.

cóng nà yì tiān qǐ　　líng hé tā māma bèi
从那一天起，　凌和她妈妈被
yāo qǐng dào huáng gōng lǐ hé huáng shang yì
邀请到皇宫里和皇上一
qǐ jū zhù　　líng de māma yǐn yǐ wéi ào
起居住。　凌的妈妈引以为傲，
líng yě xīng fèn gāo xìng
凌也兴奋高兴。

27

On their first night at the palace, Ling, her mom, and the Emperor watched the sunset from the palace and wondered about all the wonderful things they might experience in the future.

zài gōng lǐ de dì yī wǎn tā men
在宫里的第一晚，她们
yì qǐ wàng zhe rì luò xiǎng xiàng
一起望着日落，想像
zhe chōng mǎn kě néng de wèi lái
着充满可能的未来。

Thank You For Reading

谢谢

If you enjoyed the book, please leave us a review on Amazon.
如果您喜欢这本书，请在亚马逊上留下评论。
You can find the Amazon link at www.lingstales.com

Stay tuned for more of Ling's adventures!
敬请期待更多凌的冒险经历！

Coming up next:
Ling's Tales Book Two: Weighing the Elephant

About the Authors
关于作者

Stacy Li and David Ma live in New York City.

李蕙和马西冰住在纽约。

They both like eating, drawing, and telling stories.

他们喜欢吃东西，画画，讲故事。

They live with two cats: Eddard Sheeran and Emma Stone.

他们和两只猫一起住：艾德希兰和艾玛石。